U0044638

愛牠，就是不擁有

文／龍緣之

這本故事書中的小狐狸原型，是我在北京遇見的一隻白色的狐狸寶寶。在偌大的城市裡，牠在大馬路上流離失所。一個好心的大哥撿到了牠，以為是小狗，但牠的小臉卻特別尖。是小貓嗎？又有些不像。大哥把牠帶到動物醫院，才知道是一隻北極狐寶寶。牠的叫聲特別細尖、微弱，彷彿在呼喚家人。城市裡車水馬龍，放牠在路上，絕對有被「路殺」的危險。我們不知道怎麼樣照顧小狐狸，但是，如果把牠放到郊外，是否能夠獨立生存呢？

命運悲慘的外來種

過了一段時間，我開始接觸「零皮草」運動。我才意識到，這隻狐狸寶寶很可能是來自養殖場，不知在運輸過程中發生了什麼，掉落在城市鬧區。在一些國家，皮草動物被當作經濟動物引入，卻因為少數個體從養殖場逃跑，成為當地的外來入侵種 (invasive species)。比如，在歐洲，來自東亞的貉，從養殖場逃到郊外後的命運悲慘──政府和許多民眾都想消滅在野外艱難求生的牠們。現在，每年中國也在發生不合法的「放生」養殖場狐狸的活動。這些動物毫無求生能力，多半餓死、凍死，甚至流浪到村莊後被人們殺死。

城市裡的短命狐狸

許多狐狸住在歐洲城市裡。但是，在北京的北極狐，只有可能是來自養殖場的外來物種。歐洲城市中的狐狸更像是我們熟悉的流浪貓。牠們翻牆、挖洞、在屋頂上行走，出沒在人們的生活區，一代又一代的生活下去。牠們吃著人類的廚餘、從垃圾筒找食物，有時並不受到人們的歡迎。而且，城市生活對牠們而言是充滿威脅的，都市狐狸的平均壽命，只有野外狐狸的一半。

毫無必要的皮草製品

許多人以為，皮草都是很貴的奢侈品，其實，皮草製品就在我們身邊。台灣每年進口約25萬隻水貂、狐狸和貉的製品，那就是我們身邊的冬季外套帽沿的飾邊、包包掛飾，以及玩具、髮飾、耳環，以及逗貓棒上毛絨絨的成份！1.上古時代的人沒有太多的選擇，需要以動物的毛皮禦寒。但是，今天我們已有很多保暖材質，完全沒有必要使用皮草。

逗貓棒、冬季外套帽沿的飾邊、包包掛飾、耳環、髮飾上皆含有皮草
圖片來自《小雛菊與狐狸可可——關於皮草的10個問題》Zine

皮草製品有毒

皮草產業除了傷害了動物，也在侵犯人體健康！歐洲的四個獨立研究皆指出，市售皮草大多因為加工過程而存在如六價鉻、鉛等有毒物質，會導致過敏、癌症和男性不孕。許多台灣的市售皮草來自中國大陸，根據ACTAsia在當地的研究報告，研究人員從市面上購買的女裝、男裝和童裝上的皮草，都含毒性，有些甚至超過國家標準的200倍！2.消費者的健康，也是皮草議題中不容忽視的面向。

狐狸不是寵物

我們能不能像認養貓狗一樣，認養狐狸、在家中照顧牠們呢？答案是不行。

因為，被用作皮草的主要物種，都是野生動物，無法適應被圈養的生活。如果我們把狐狸當寵物養在家裡，牠們一樣無法自由地挖洞、跳躍，體驗豐富多彩的生活。可以說，家養狐狸的動物福利問題，與養殖場中的狐狸所遇到的問題是近似的。所以，要幫助牠們的最好方式，就是不要購買和穿戴皮草，並且向人們介紹皮草的問題，讓這個傷害動物、環境和人體健康的產業走入歷史。

龍緣之

1.參考Fur Free Asia亞洲零皮草網站中，由臺灣動物社會研究會提供的數據：http ://www.fur- free.com/CN1.html
2 ACTAsia，「皮草有毒：全球議題」(Toxic Fur : A Global Issue) 報告：https://www.furfreealliance.com/wp-content/uploads/2019/08/Toxic-Fur_A-global-issue.pdf

小狐狸的媽媽
媽媽的小狐狸

文｜施暖暖、龍緣之
圖｜施暖暖
出版者　施暖暖
地址｜10467台北市中山區建國北路三段143號3樓之1
電話｜0911301150
Email｜noirnoirshih@gmail.com
網址｜https://www.noirnoirshih.com
ISBN｜978-957-43-9892-8

關懷生命協會
地址｜10467台北市中山區民生東路2段120號3樓
電話｜(02-2542-0959
Email｜avot@lca.org.tw
網址｜https ://www.lca.org.tw

代理經銷｜白象文化事業有限公司
地址｜401台中市東區和平街228巷44號
電話｜04-22208589

印刷｜博創印藝文化事業有限公司

出版日期｜
2022年3月初版一刷
2022年10月初版二刷

定價｜450元

版權所有・翻印必究

贊助單位｜

NCAF

媽媽的小狐狸

文／施暖暖、龍緣之

圖／施暖暖

這裡是哪裡？

好ㄏㄠˇ可ㄎㄜˇ怕ㄆㄚˋ！
媽ㄇㄚ媽ㄇㄚ怎ㄗㄣˇ麼ㄇㄜ不ㄅㄨˋ見ㄐㄧㄢˋ了ㄌㄜ？

那是媽媽嗎？

啊ㄚ！
不ㄅㄨ是ㄕ……

好像是媽媽！
媽媽！等等我！

門ᴖᴄˊ鎖ㄙㄨˇ住ㄓㄨˋ了ㄌㄜ，
進ㄐㄧㄣˋ不ㄅㄨˋ去ㄑㄨˋ……

媽ㄇㄚˊ媽ㄇㄚˊ，
妳ㄋㄧˇ在ㄗㄞˋ哪ㄋㄚˇ裡ㄌㄧ……

我ㄨㄛˇ好ㄏㄠˇ想ㄒㄧㄤˇ妳ㄋㄧˇ……

糟糕，
有人來了！

我ㄨㄛˇ的ㄉㄜ˙孩ㄏㄞˊ子ㄗˇ！！

小狼狼的神祕寶車

文／陶樂蒂、魏樂之

圖／陶樂蒂

施暖暖

專職插畫家。華梵大學美術學系畢業，曾至法國ESAL學習插畫，作品包括童書、繪本、平面設計、漫畫、產品包裝設計。曾於高雄設計節、誠品花傘節、台灣文博會等大型展會設展，並獲得美國3X3兒童插畫類優選、日本JIA銅獎、2019年台灣文博會年度最佳文創精品獎。創作風格溫暖童趣，療癒溫馨。喜歡看書與電影，也是一位全職媽媽，為女兒打點大小事務。同時是Podcast「黑暖話舖」主持人，分享插畫知識。

施暖暖FB　　施暖暖IG

龍緣之

哲學教師、臺灣動物與人學會理事、ACTAsia亞洲代表。華梵大學哲學系畢業後，先後取得北京大學電影學碩士學位、（北京）清華大學科技哲學博士學位。自2011年起研究皮草產業，著有 China's Fur Trade and Its Position in the Global Fur Industry (ACTAsia, UK, 2019)。創立「動保龍捲風」粉專，為Culture and Animals Foundation 2019年度受獎人，在多種刊物上發表學術論文，以及動物研究、動物與藝術的相關文章。

動保龍捲風FB

每年數千萬隻動物因皮草而死

在養殖場中，業者會留下皮毛漂亮的動物用於繁殖。但是，過程卻相當殘忍。狐狸被高高掛起來，強行人工授精。寶寶出生後，正如這本故事書所呈現的，小狐狸將被迫和母親分開，直到牠們的毛髮最為美麗、能為其提供保暖的時刻——也就是剝皮季節的到來。這些被留下的驚慌失措的狐狸媽媽，在數年之後同樣會被殺死，製成皮草。每年，全球有數千萬隻皮草養殖場的動物被殺。而且，這僅是水貂、狐狸和貂等三物種的總合。除此之外，還有貓、狗等伴侶動物，以及海豹、郊狼等自然環境中的野生動物，以及難以計數的兔子，都被製成皮草。

高污染的皮草產業

在這本故事書裡，狐狸媽媽逃出鐵籠後，看到了一系列養殖場中可怕的景象、經過了被污染的環境，這些畫面反映了皮草養殖及加工過程產生的環境問題。皮草產業是高污染產業之一。除了動物的糞尿排放，加工時的化學品、染劑，也會造成水和土壤嚴重且不可逆的污染。此外，養殖場和工廠也是空氣污染問題的來源。狐狸媽媽在養殖場見到了剝皮後的動物堆積如山的屍體，令人觸目驚心。在不久之前，這些屍體往往被做成動物飼料，讓下一代的養殖動物食用，甚至出現在人們的餐桌上。

零皮草趨勢

至今為止，已有十多個國家全面或部分禁止了皮草養殖。印度禁止了皮草的進口，以色列全國禁止皮草銷售，美國舊金山市等數個城市也禁止皮草交易。在新冠病毒肆虐全球的同時，養殖場裡的水貂成為最受關注的動物。由於水貂很容易染疫，丹麥等十多個國家的養殖場都發現了案例，科學家更在養殖場中發現變異的病毒，因此，荷蘭政府決定於2021年提前實行禁止水貂養殖的法令。這樣的「零皮草」趨勢仍在延續。由國際零皮草聯盟(Fur Free Alliance)發起的「零皮草零售商」(Fur Free Retailer)計畫，也有超過1500個服裝品牌和商店加入了！

龍緣之

動物保護，加快腳步

文／龍緣之

到訪芬蘭的時候，我在一個農場動物庇護所見到一隻名叫Otto的狐狸。牠和另一隻狐狸Unelma(芬蘭語的「夢」)共享一個小院子。每天晚上，Otto喜歡睡在木屋內高高的架子上。牠看起來健康、活潑，愛玩。但是，牠的身上卻留有非常深刻的養殖場的印記。Otto就是這個故事中狐狸媽媽的原型，牠們是極少數非常幸運的狐狸！在現實中，皮草動物是很難從養殖場中逃脫的。牠們的一生都在狹小的籠中度過，既沒有表達天性的機會，也沒有求生能力。養殖場也會設置誘捕籠，捉回少數逃跑的動物。

Otto（龍緣之攝）

人工繁育的狐狸

Otto是一頭從養殖場逃出的藍狐，曾經在芬蘭的工業區遊蕩，吃人們餵給牠的食物，然後被送到庇護所生活。這本故事書中的赤狐，以及全身雪白的北極狐，都被用於養殖、取皮，製成各式各樣的皮草製品。然而，隨著流行趨勢的變化，業者還會透過基因選擇，培育不同毛色的狐狸，令許多動物活在痛苦之中。舉例而言，藍狐很容易得到眼部疾病，也因為體重過重而往往有腿部問題，曾被媒體稱作是「怪物狐狸」──狐狸本來只有2.5到3公斤，養殖場卻用高脂的飼料，讓藍狐重達16公斤，甚至19公斤，整整是正常狐狸的五、六倍大！牠們身上厚重的毛皮，幾乎令自身無法承受。這一切，只是為了市場追捧的更特別的花色，以及更大張的皮草！

動物不該住在小小的籠子裡

養殖場的籠子非常狹小，完全不符合動物的需求。這些籠子往往由鐵絲構成，好讓糞尿直接排到下方，但是這種籠子卻讓動物的腿部扭曲變型，也無法跳躍和挖洞、缺乏社會生活及變化。籠養環境給動物造成的身心問題，還包括毫無意義的刻板行為、咬自己的腿和尾巴等自殘行為，又或是互相傷害。養殖場的動物還會有更高的食子率──吃掉自己的孩子。動保組織也經常發現，有些受傷的動物沒得到醫治，死亡的動物甚至還被留在籠子中。